SEJAMOS TODOS FEMINISTAS

SEJAMOS TODOS FEMINISTAS

CHIMAMANDA NGOZI ADICHIE

Tradução de Christina Baum

24.ª reimpressão

COMPANHIA DAS LETRAS

Copyright © 2012, 2014 by Chimamanda Ngozi Adichie

Grafia atualizada segundo o Acordo Ortográfico da Língua Portuguesa de 1990, que entrou em vigor no Brasil em 2009.

Título original We Should All Be Feminists
Capa e projeto gráfico Claudia Espínola de Carvalho
Foto da autora Ivara Esege
Revisão Ana Luiza Couto e Viviane T. Mendes

Dados Internacionais de Catalogação na Publicação (CIP)
(Câmara Brasileira do Livro, SP, Brasil)

Adichie, Chimamanda Ngozi
    Sejamos todos feministas / Chimamanda Ngozi Adichie; tradução Christina Baum. — 1ª ed. — São Paulo: Companhia das Letras, 2015.

    Título original: We Should All Be Feminists.
    ISBN 978-85-359-2547-0

    1. Feminilidade 2. Feminismo I. Título.

14-13455   CDD-305.42

Índice para catálogo sistemático:
1. Feminismo : Sociologia   305.42

Todos os direitos desta edição reservados à
EDITORA SCHWARCZ S.A.
Rua Bandeira Paulista, 702, cj. 32
04532-002 — São Paulo — SP
Telefone: (11) 3707-3500
www.companhiadasletras.com.br
www.blogdacompanhia.com.br
facebook.com/companhiadasletras
instagram.com/companhiadasletras
twitter.com/cialetras

INTRODUÇÃO

ESTA É UMA VERSÃO modificada de uma palestra que dei em dezembro de 2012 no TEDxEuston, conferência anual com foco na África. Estudiosos de diversas áreas dão palestras concisas que visam desafiar e inspirar africanos e amigos da África. Eu já tinha participado de uma conferência TED diferente alguns anos antes, com uma palestra chamada "O perigo de uma história única", [também publicada pela Companhia das Letras], sobre como estereótipos limitam e formatam nosso pensamento, especialmente quando se trata da África. Tenho a impressão de que a palavra "feminista", como a própria ideia de feminismo, também é limitada por estereótipos. Quando meu irmão Chuks e meu melhor amigo Ike, os dois co-organizadores da conferência TEDxEuston, me convidaram a participar, não consegui negar. Decidi falar sobre feminismo porque é uma questão que me toca especialmente. Suspeitei que não seria um assunto muito popular, mas pensei que poderia começar um diálogo necessário. Então, naquela noite em que subi no palco, senti como se estivesse na presença da minha família — uma audiência gentil e atenciosa, mas que poderia ser resistente ao assunto da minha palestra. No fim, a aclamação da plateia, com todos de pé, me deu esperanças.

SEJAMOS TODOS FEMINISTAS

OKOLOMA ERA UM DOS meus melhores amigos de infância. Morávamos na mesma rua e ele cuidava de mim como um irmão mais velho: quando eu gostava de um garoto, pedia a opinião dele. Engraçado e inteligente, usava uma bota de caubói de bico pontudo. Em dezembro de 2005, ele morreu num acidente de avião, no sudoeste da Nigéria. Até hoje não sei expressar o que senti. Era uma pessoa com quem eu podia discutir, rir e ter conversas sinceras. E também foi o primeiro a me chamar de feminista.

Eu tinha catorze anos. Um dia, na casa dele, discutíamos — metralhávamos opiniões imaturas sobre livros que havíamos lido. Não lembro exatamente o teor da conversa. Mas eu estava no meio de uma argumentação quando Okoloma olhou para mim e disse: "Sabe de uma coisa? Você é feminista!". Não era um elogio. Percebi pelo tom da voz dele — era como se dissesse: "Você apoia o terrorismo!".

Não sabia o que a palavra "feminista" significava. E não queria que Okoloma soubesse que eu não sabia. Então disfarcei e continuei argumentando. A primeira coisa que faria ao chegar em casa seria procurar a palavra no dicionário.

Em 2003, escrevi um romance chamado *Hibisco roxo*, sobre um homem que, entre outras coisas, batia na mulher, e sua história não acaba lá muito bem. Enquanto eu divulgava o livro na Nigéria, um jornalista, um homem bem-intencionado, veio me dar um conselho (talvez vocês saibam que nigerianos estão sempre prontos a dar *conselhos* que ninguém pediu).

Ele comentou que as pessoas estavam dizendo que meu livro era feminista. Seu conselho — disse, balançando a cabeça com um ar consternado — era que eu nunca, nunca me intitulasse feminista, já que as feministas são mulheres infelizes que não conseguem arranjar marido. Então decidi me definir como "feminista feliz".

Mais tarde, uma professora universitária nigeriana veio me dizer que o feminismo não fazia parte da nossa cultura, que era antiafricano e que, se eu me considerava feminista, era porque havia sido corrompida pelos livros ocidentais (o que achei engraçado, porque passei boa parte da juventude devorando romances que não eram nada feministas: devo ter lido toda a coleção água com açúcar publicada pela Mills & Boon antes dos dezesseis anos. E toda vez que tentava ler os tais livros clássicos sobre feminismo, ficava entediada e mal conseguia terminar). De qualquer forma, já que o feminismo era antiafricano, resolvi me considerar "feminista feliz e africana". Depois, uma grande amiga me disse que, se eu era feminista, então devia odiar os homens. Decidi me tornar uma "feminista feliz e africana que não odeia homens, e que gosta de usar batom e salto alto para si mesma, e não para os homens".

É claro que não estou falando sério, só queria ilustrar como a palavra "feminista" tem um peso negativo: a feminista odeia os homens, odeia sutiã, odeia a cultura africana, acha que as mulheres devem mandar nos homens; ela não se pinta, não se depila, está sempre zangada, não tem senso de humor, não usa desodorante.

Quando eu estava no primário, em Nsukka, uma cidade universitária no sudeste da Nigéria, no começo do ano letivo a professora anunciou que iria dar uma prova e quem tirasse a nota mais alta seria o monitor da classe. Ser monitor era muito importante. Ele podia anotar, diariamente, o nome dos colegas baderneiros, o que por si só já era ter um poder enorme; além disso, ele podia circular pela sala empunhando uma vara, patrulhando a turma do fundão. É claro que o monitor não podia usar a vara. Mas era uma ideia empolgante para uma criança de nove anos, como eu. Eu queria muito ser a monitora da minha classe. E tirei a nota mais alta.

Mas, para minha surpresa, a professora disse que o monitor seria um menino. Ela havia se esquecido de esclarecer esse ponto, achou que fosse óbvio. Um garoto tirou a segunda nota mais alta. *Ele* seria o monitor. O mais interessante é que o menino era uma alma bondosa e doce, que não tinha o menor interesse em vigiar a classe com uma vara. Que era exatamente o que *eu* almejava. Mas eu era menina e ele, menino, e ele foi escolhido. Nunca me esqueci desse episódio.

Se repetimos uma coisa várias vezes, ela se torna normal. Se vemos uma coisa com frequência, ela se torna normal. Se só os meninos são escolhidos como monitores da classe, então em algum momento nós todos vamos achar, mesmo que inconscientemente, que só um menino pode ser o monitor da classe. Se só os homens ocupam cargos de chefia nas empresas, começamos a achar "normal" que esses cargos de chefia só sejam ocupados por homens.

Eu tendo a cometer o erro de achar que uma coisa óbvia para mim também é óbvia para todo mundo. Um dia estava conversando com meu querido amigo Louis, que é um homem brilhante e progressista, e ele me disse: "Não entendo quando você diz que as coisas são diferentes e mais difíceis para as mulheres. Talvez fosse verdade no passado, mas não é mais. Hoje as mulheres têm tudo o que querem". Oi? Como o Louis não enxergava o que para mim era tão óbvio?

Adoro voltar para a minha casa na Nigéria, e passo a maior parte do tempo em Lagos, uma das maiores cidades e o grande centro comercial do país. Às vezes, à noite, quando não está tão quente e o ritmo da cidade desacelera, saio com amigos ou a família e vamos a restaurantes e cafés. Numa dessas ocasiões, Louis e eu saímos com uns amigos.

Em Lagos, há um ritual maravilhoso: alguns jovens costumam ficar na porta dos estabelecimentos e "ajudar" as pessoas a estacionar o carro. Lagos é uma metrópole com quase 20 milhões de habitantes, com mais energia do que Londres, com um espírito mais empreendedor do que Nova York, e, portanto, as pessoas estão sempre inventando maneiras de ganhar a vida. Como na maioria das grandes cidades, é difícil encontrar uma vaga para estacionar à noite, então esses caras se viram como podem. Mesmo quando não há nenhuma vaga disponível, eles manobram o carro e, com gestos largos e teatrais, prometem tomar conta do veículo até você voltar. Impressionada com o empenho do sujeito que descolou uma vaga para nós naquela noite, decidi lhe dar uma gorjeta. Abri a bolsa, peguei o dinheiro e lhe dei. E ele, feliz e grato, pegou o meu dinheiro, olhou para o meu amigo e disse: "Muito obrigado, senhor!". Surpreso, Louis me perguntou: "Por que ele está me agradecendo? Não fui eu quem deu o dinheiro". Percebi então, pela expressão de meu amigo, que a ficha tinha caído. Para o flanelinha, qualquer dinheiro que eu pudesse ter certamente provinha de Louis. Porque Louis é homem.

Homens e mulheres são diferentes. Temos hormônios em quantidades diferentes, órgãos sexuais diferentes e atributos biológicos diferentes — as mulheres podem ter filhos, os homens não. Os homens têm mais testosterona e em geral são fisicamente mais fortes do que as mulheres. Existem mais mulheres do que homens no mundo — 52% da população mundial é feminina —, mas os cargos de poder e prestígio são ocupados pelos homens. A já falecida queniana Wangari Maathai, ganhadora do prêmio Nobel da Paz, se expressou muito bem e em poucas palavras quando disse que quanto mais perto do topo chegamos, menos mulheres encontramos.

Na última eleição dos Estados Unidos, ouvimos, com frequência, falar da lei Lilly Ledbetter, que visa à equiparação salarial das mulheres. Se formos além do nome bonito e aliterativo, o significado é o seguinte: nos EUA, quando um homem e uma mulher têm o mesmo emprego, com as mesmas qualificações, se o homem ganha mais é porque ele é homem.

Então, de uma forma literal, os homens governam o mundo. Isso fazia sentido há mil anos. Os seres humanos viviam num mundo onde a força física era o atributo mais importante para a sobrevivência; quanto mais forte a pessoa, mais chances ela tinha de liderar. E os homens, de maneira geral, são fisicamente mais fortes. Hoje, vivemos num mundo completamente diferente. A pessoa mais qualificada para liderar *não é* a pessoa fisicamente mais forte. É a mais inteligente, a mais culta, a mais criativa, a mais inovadora. E não existem hormônios para esses atributos. Tanto um homem como uma mulher podem ser inteligentes, inovadores, criativos. Nós evoluímos. Mas nossas ideias de gênero ainda deixam a desejar.

Não faz muito tempo, ao entrar num dos

melhores hotéis na Nigéria, um segurança na porta me parou e fez umas perguntas irritantes: Nome? Número do quarto da pessoa que eu visitava? Eu conhecia essa pessoa? Poderia provar que era hóspede do hotel e mostrar a minha chave? Ele automaticamente supôs que uma mulher nigeriana e desacompanhada só podia ser prostituta. Uma nigeriana desacompanhada não pode ser hóspede e pagar por seu quarto. Um homem pode entrar no mesmo hotel sem ser perturbado. Parte-se da premissa de que ele está lá por uma razão legítima — aliás, por que esses hotéis não se preocupam mais com a *procura* por prostitutas do que com a *oferta* aparente?

Em Lagos, não posso ir sozinha a muitos bares e casas respeitáveis. Mulher desacompanhada não entra. É preciso estar com um homem. Amigos meus, homens, costumam ir a baladas e acabam entrando de braço dado com mulheres desconhecidas — a uma mulher desacompanhada só resta pedir "ajuda" para entrar no recinto.

Sempre que vou acompanhada a um restaurante nigeriano, o garçom cumprimenta o homem e me ignora. Os garçons são produto de uma sociedade onde se aprende que os homens são mais importantes do que as mulheres, e sei que eles não fazem por mal — mas há um abismo entre entender uma coisa racionalmente e entender a mesma coisa emocionalmente. Toda vez que eles me ignoram, eu me sinto invisível. Fico chateada. Quero dizer a eles que sou tão humana quanto um homem, e digna de ser cumprimentada. Sei que são detalhes, mas às vezes são os detalhes que mais incomodam.

Não faz muito tempo, escrevi um artigo

sobre o que significa ser uma jovem mulher em Lagos. Um conhecido disse que havia muita raiva no texto, que eu não deveria ter me expressado com tanta raiva. Mas eu não via razão para me desculpar. É claro que eu estava com raiva. A questão de gênero, como está estabelecida hoje em dia, é uma grande injustiça. Estou com raiva. Devemos ter raiva. Ao longo da história, muitas mudanças positivas só aconteceram por causa da raiva. Além da raiva, também tenho esperança, porque acredito profundamente na capacidade de os seres humanos evoluírem.

Percebi cautela no tom do sujeito, e sabia que seu comentário sobre a minha raiva tinha a ver não só com o artigo, mas também com minha personalidade. A raiva, o tom dele dizia, não cai bem em mulheres. Uma mulher não deve expressar raiva, porque a raiva ameaça. Tenho uma amiga americana que substituiu um homem num cargo de gerência. Seu predecessor era considerado um "cara durão", que conseguia tudo; era grosseiro, agressivo e rigoroso quanto à folha de ponto. Ela assumiu o cargo, e se imaginava tão dura quanto o chefe anterior, mas talvez um pouco mais generosa — ao contrário dela, ele nem sempre lembrava que as pessoas tinham família. Em poucas semanas no emprego, ela puniu um empregado por ter falsificado a folha de ponto — exatamente como seu predecessor teria feito. O empregado reclamou com o gerente sênior, dizendo que ela era agressiva e difícil. Os outros funcionários concordaram. Um deles, inclusive, disse que tinha achado que ela traria um "toque feminino" ao ambiente de trabalho, mas que isso não acontecera. Não ocorreu a ninguém que ela estava fazendo a mesma coisa pela qual um homem teria recebido elogios.

Outra amiga, também americana, trabalha com publicidade e tem um belo salário. Só há duas mulheres em sua equipe: ela e uma outra. Certa vez, numa reunião, ela disse que se sentira menosprezada por sua chefe, que havia ignorado seus comentários e elogiara um dos homens que havia emitido uma opinião parecida com a dela. Ela queria se posicionar e enfrentar a chefe, mas ficou quieta. Depois da reunião, foi chorar no banheiro e me ligou para desabafar. Ela não disse o que pensava para não parecer agressiva. Deixou o ressentimento ferver em banho-maria.

O que me impressiona — em relação a ela e a várias outras amigas americanas — é o quanto essas mulheres investem em ser "queridas", como foram criadas para acreditar que ser benquista é muito importante. E isso não inclui demonstrar raiva ou ser agressiva, tampouco discordar.

Perdemos muito tempo ensinando as meninas a se preocupar com o que os meninos pensam delas. Mas o oposto não acontece. Não ensinamos os meninos a se preocupar em ser "benquistos". Se, por um lado, perdemos muito tempo dizendo às meninas que elas não podem sentir raiva ou ser agressivas ou duras, por outro elogiamos ou perdoamos os meninos pelas mesmas razões. Em todos os lugares do mundo, existem milhares de artigos e livros ensinando o que as mulheres devem fazer, como devem ou não devem ser para atrair e agradar os homens. Livros sobre como os homens devem agradar as mulheres são poucos.

Dou uma oficina de escrita em Lagos, e uma das jovens que participam do grupo me disse que um amigo lhe havia prevenido para não prestar atenção no meu "discurso feminista" — sob pena de absorver ideias que destruiriam seu casamento. Essa é uma ameaça — a destruição de um casamento, a possibilidade de acabar não se casando — levantada contra as mulheres na nossa sociedade com frequência muito maior do que contra os homens.

A questão de gênero é importante em qualquer canto do mundo. É importante que comecemos a planejar e sonhar um mundo diferente. Um mundo mais justo. Um mundo de homens mais felizes e mulheres mais felizes, mais autênticos consigo mesmos. E é assim que devemos começar: precisamos criar nossas filhas de uma maneira diferente. Também precisamos criar nossos filhos de uma maneira diferente.

O modo como criamos nossos filhos homens é nocivo: nossa definição de masculinidade é *muito* estreita. Abafamos a humanidade que existe nos meninos, enclausurando-os numa jaula pequena e resistente. Ensinamos que eles não podem ter medo, não podem ser fracos ou se mostrar vulneráveis, precisam esconder quem realmente são — porque eles têm que ser, como se diz na Nigéria, *homens duros*.

No Ensino Médio, quando um garoto e uma garota saem juntos, o único dinheiro de que dispõem é uma pequena mesada. Mesmo assim, espera-se que ele pague a conta, sempre, para provar sua masculinidade. (E depois nos perguntamos por que alguns roubam dinheiro dos pais...) E se tanto os meninos quanto as meninas fossem criados de modo a não mais vincular a masculinidade ao dinheiro? E se, em vez de "o menino tem que pagar," a postura fosse "quem tem mais paga"? É claro que, por uma questão histórica, em geral é o homem quem tem mais dinheiro. No entanto, se começarmos a criar nossos filhos de outra maneira, daqui a cinquenta, cem anos eles não serão pressionados a provar sua masculinidade por meio de bens materiais.

Mas o pior é que, quando os pressionamos a agir como durões, nós os deixamos com o ego muito frágil. Quanto mais duro um homem acha que deve ser, mais fraco será seu ego. E criamos as meninas de uma maneira bastante perniciosa, porque as ensinamos a cuidar do ego frágil do sexo masculino. Ensinamos as meninas a se encolher, a se diminuir, dizendo-lhes: "Você pode ter ambição, mas não muita. Deve almejar o sucesso, mas não muito. Senão você ameaça o homem. Se você é a provedora da família, finja que não é, sobretudo em público. Senão você estará emasculando o homem". Por que, então, não questionar essa premissa? Por que o sucesso da mulher ameaça o homem? Bastaria descartar a palavra — e não sei se existe outra palavra em inglês de que eu desgoste tanto — "emasculação".

Uma vez, um nigeriano conhecido meu me perguntou se não me incomodava o fato de os homens se sentirem intimidados comigo. Eu não me preocupo nem um pouco — nunca havia me passado pela cabeça que isso fosse um problema, porque o homem que se sente intimidado por mim é exatamente o tipo de homem por quem não me interesso. Mesmo assim, fiquei surpresa. Já que pertenço ao sexo feminino, espera-se que almeje me casar. Espera-se que faça minhas escolhas levando em conta que o casamento é a coisa mais importante do mundo. O casamento pode ser bom, uma fonte de felicidade, amor e apoio mútuo. Mas por que ensinamos as meninas a aspirar ao casamento, mas não fazemos o mesmo com os meninos?

Uma nigeriana conhecida minha decidiu vender sua casa para não intimidar o homem que eventualmente quisesse se casar com ela. Conheço uma outra, também solteira, que em congressos usa uma aliança de casamento porque quer "ser respeitada" pelos colegas — segundo ela, a ausência do anel a torna desprezível. E isso num ambiente moderno de trabalho. Há moças que, de tão pressionadas pela família, pelos amigos e até mesmo pelo trabalho, acabam fazendo péssimas escolhas. Em nossa sociedade, a mulher de certa idade que ainda não se casou se enxerga como uma fracassada. Já o homem, se permanece solteiro, é porque não teve tempo de fazer sua escolha.

Falar é fácil, eu sei, mas as mulheres só precisam aprender a dizer NÃO a tudo isso. A realidade, porém, é mais difícil, mais complexa. Somos seres sociais, afinal das contas, e internalizamos as ideias através da socialização. Até mesmo a linguagem que empregamos dentro do casamento é reveladora: frequentemente é uma linguagem de posse, não de parceria. Pensamos na palavra "respeito" como um sentimento que a mulher deve ao homem, mas raramente o inverso. Tanto o homem quanto a mulher dizem: "Eu fiz isso porque queria paz no meu casamento". Mas quando os homens dizem isso, em geral se referem a algo que eles não deveriam mesmo fazer. É como eles se justificam para os amigos, e no fim das contas isso serve para comprovar a sua masculinidade — "Minha mulher disse que não posso sair todas as noites, então daqui pra frente, pra ter paz no meu casamento, só vou sair nos fins de semana". Quando as mulheres dizem que tomaram determinada atitude para "ter paz no casamento" é porque em geral desistiram de um emprego, de um passo na carreira, de um sonho.

Ensinamos que, nos relacionamentos, é a mulher quem deve abrir mão das coisas. Criamos nossas filhas para enxergar as outras mulheres como rivais — não em questões de emprego ou realizações, o que, na minha opinião, poderia até ser bom —, mas como rivais da atenção masculina. Ensinamos as meninas que elas não podem agir como seres sexuais, do modo como agem os meninos. Se temos filhos homens, não nos importamos em saber sobre suas namoradas. Mas e os namorados das nossas filhas?

Deus me livre! (Mas obviamente esperamos que elas tragam para casa o homem perfeito para casar, na hora certa.) Nós policiamos nossas meninas. Elogiamos a virgindade delas, mas não a dos meninos (e me pergunto como isso pode funcionar, já que a perda da virgindade é um processo que normalmente envolve duas pessoas).

Recentemente, uma moça foi estuprada por um grupo de homens, na Nigéria, e a reação de vários jovens, de ambos os sexos, foi algo do gênero: "Sim, estuprar é errado, mas o que ela estava fazendo no quarto com quatro homens?". Bem, se possível, tentemos esquecer a crueldade desse raciocínio. Os nigerianos foram criados para achar que as mulheres são inerentemente culpadas. E elas cresceram esperando tão pouco dos homens que a ideia de vê-los como criaturas selvagens, sem autocontrole, é de certa forma aceitável.

Ensinamos as meninas a sentir vergonha. "Fecha as pernas, olha o decote." Nós as fazemos sentir vergonha da condição feminina; elas já nascem culpadas. Elas crescem e se transformam em mulheres que não podem externar seus desejos. Elas se calam, não podem dizer o que realmente pensam, fazem do fingimento uma arte. Conheço uma mulher que odiava tarefas domésticas, mas fingia que não, já que fora ensinada a ser "caseira", como "uma boa esposa" tem de ser. Finalmente ela se casou. E a família do marido começou a reclamar quando seu comportamento mudou. Ora, na verdade ela não mudou. Ela apenas se cansou de fingir ser o que não era.

O problema da questão de gênero é que ela prescreve como *devemos* ser em vez de reconhecer como somos. Seríamos bem mais felizes, mais livres para sermos quem realmente somos, se não tivéssemos o peso das expectativas do gênero.

Meninos e meninas são inegavelmente diferentes em termos biológicos, mas a socialização exagera essas diferenças. E isso implica a autorrealização de cada um. O ato de cozinhar, por exemplo. Ainda hoje, as mulheres tendem a fazer mais tarefas de casa do que os homens — elas cozinham e limpam a casa. Mas por que é assim? Será que elas nascem com um gene a mais para cozinhar ou será que, ao longo do tempo, elas foram condicionadas a entender que seu papel é cozinhar? Cheguei a pensar que talvez as mulheres de fato houvessem nascido com o tal gene, mas aí lembrei que os cozinheiros mais famosos do mundo — que recebem o título pomposo de "chef" — são, em sua maioria, homens.

Costumava observar minha avó, uma mulher brilhante, e ficava imaginando o que ela poderia ter sido se durante a juventude tivesse tido as mesmas oportunidades que os homens. Hoje, diferente do que acontecia na sua época, há mais oportunidades para as mulheres — houve mudanças nas políticas e na lei, que foram muito importantes.

Mas o que realmente conta é a nossa postura, a nossa mentalidade. E se criássemos nossas crianças ressaltando seus talentos, e não seu gênero? E se focássemos em seus interesses, sem considerar gênero?

Conheço uma família que tem um filho e uma filha, com um ano de diferença, ambos alunos brilhantes. Quando o menino está com fome, os pais mandam a garota preparar um macarrão instantâneo para o irmão. Ela não gosta de cozinhar macarrão instantâneo, mas como é menina, tem que obedecer. E se os pais, desde o início, tivessem ensinado ambos os filhos a cozinhar macarrão instantâneo? Aliás, aprender a cozinhar é bom para a vida prática e útil de um menino — nunca vi sentido em deixar nas mãos de terceiros uma coisa tão crucial como a capacidade de se nutrir.

Conheço uma mulher que tem o mesmo diploma e o mesmo emprego que o marido. Quando eles chegam em casa do trabalho, a ela cabe a maior parte das tarefas domésticas, como ocorre em muitos casamentos. Mas o que me surpreende é que sempre que ele troca a fralda do bebê ela fica *agradecida*. Por que ela não se dá conta de que é normal e natural que ele ajude a cuidar do filho?

Estou tentando desaprender várias lições que internalizei durante a minha formação, mas às vezes ainda me sinto vulnerável quando deparo com expectativas de gênero. Na primeira aula de escrita para uma turma de pós-graduação, fiquei apreensiva. Não com o conteúdo do curso, já que estava bem preparada e gosto da matéria. Estava preocupada com o que vestir. Eu queria ser levada a sério. Sabia que, por ser mulher, eu automaticamente teria que *demonstrar* minha capacidade. E estava com medo de parecer feminina demais, e não ser levada a sério. Queria passar batom e usar uma saia bem feminina, mas desisti da ideia. Escolhi um terninho careta, bem masculino, e feio.

A verdade é que, quando se trata de aparência, nosso paradigma é masculino. Muitos acreditam que quanto menos feminina for a aparência de uma mulher, mais chances ela terá de ser ouvida. Quando um homem vai a uma reunião de negócios, não lhe passa pela cabeça se será levado a sério ou não dependendo da roupa que vestir — mas a mulher pondera. Eu não queria ter usado aquele conjunto feioso. Se tivesse a autoconfiança que tenho hoje, meus alunos teriam aproveitado ainda mais minhas aulas. Porque eu estaria mais confortável na minha própria pele e seria mais verdadeira comigo mesma.

Decidi parar de me desculpar por ser feminina. E quero ser respeitada por minha feminilidade. Porque eu mereço. Gosto de política e história, e adoro uma conversa boa, produtiva. Sou feminina. Sou feliz por ser feminina. Gosto de salto alto e de variar os batons. É bom receber elogios, seja de homens, seja de mulheres (cá entre nós, prefiro ser elogiada por mulheres elegantes). Mas com frequência uso roupas que os homens não gostam ou não "entendem". Uso essas roupas porque me sinto bem nelas. O "olhar masculino", como determinante das escolhas da minha vida, não me interessa.

Não é fácil conversar sobre a questão de gênero. As pessoas se sentem desconfortáveis, às vezes até irritadas. Nem homens nem mulheres gostam de falar sobre o assunto, contornam rapidamente o problema. Porque a ideia de mudar o *status quo* é sempre penosa.

Algumas pessoas me perguntam: "Por que usar a palavra 'feminista'? Por que não dizer que você acredita nos direitos humanos, ou algo parecido?". Porque seria desonesto. O feminismo faz, obviamente, parte dos direitos humanos de uma forma geral

— mas escolher uma expressão vaga como "direitos humanos" é negar a especificidade e particularidade do problema de gênero. Seria uma maneira de fingir que as mulheres não foram excluídas ao longo dos séculos. Seria negar que a questão de gênero tem como alvo as mulheres. Que o problema não é ser humano, mas especificamente um ser humano do sexo feminino. Por séculos, os seres humanos eram divididos em dois grupos, um dos quais excluía e oprimia o outro. É no mínimo justo que a solução para esse problema esteja no reconhecimento desse fato.

Alguns homens se sentem ameaçados pela ideia de feminismo. Acredito que essa ameaça tenha origem na insegurança que eles sentem. Como foram criados de um determinado modo, quando não estiverem "naturalmente" dominando, como homens, a situação, sentirão a autoestima diminuída. Outros talvez enfrentem a palavra "feminismo" da seguinte maneira: "Tudo bem, isso é interessante, mas não é meu modo de pensar. Aliás, eu nem sequer penso na questão de gênero".

Talvez não pensem mesmo. E isso é parte do problema: os homens não pensam na questão do gênero, nem notam que ela existe. Muitos homens, como meu amigo Louis, dizem que as coisas eram ruins no passado, mas que agora está tudo bem. Muitos não fazem nada para mudar a situação das coisas. Quando um sujeito entra num restaurante e o garçom o cumprimenta, será que não passa pela cabeça dele perguntar por que o garçom não cumprimentou sua acompanhante? Os homens precisam se manifestar em todas essas pequenas situações.

Como a questão de gênero incomoda, as

pessoas recorrem a vários argumentos para cortar a conversa. Algumas lançam mão da biologia evolutiva dos macacos, lembrando como as fêmeas, por exemplo, se curvam perante os machos. Mas a questão é a seguinte: nós não somos macacos. Macacos vivem em árvores e comem minhocas. Nós, não.

Algumas pessoas dirão: "Bem, os homens, coitados, também sofreram". E sofrem até hoje. Mas não é disso que estamos falando. Gênero e classe são coisas distintas. Um homem pobre ainda tem os privilégios de ser homem, mesmo que não tenha o privilégio da riqueza. Conversando com homens negros, aprendi muito sobre os vários sistemas de opressão e sobre como eles podem não reconhecer uns aos outros. Uma vez eu estava falando sobre a questão de gênero e um homem me perguntou por que eu me via como uma mulher e não como um ser humano. É o tipo de pergunta que funciona para silenciar a experiência específica de uma pessoa. Lógico que sou um ser humano, mas há questões particulares que acontecem comigo no mundo porque sou mulher. Esse mesmo homem, a propósito, com frequência falava da sua experiência como homem negro. (E eu deveria ter respondido: "Por que você não fala das suas experiências como um homem ou um ser humano? Por que tem que ser como um homem negro?").

Então sinto muito, essa conversa é sobre gênero. Alguns dirão: "Ora, as mulheres é que têm o verdadeiro poder, o poder da cintura para baixo" — na Nigéria, é assim que nos expressamos para dizer que a mulher usa a sexualidade para conseguir o que quer do homem. Mas o poder da cintura para baixo não é poder nenhum, porque a mulher que tem tal poder, na verdade, não é poderosa. Ela só tem uma boa ferramenta para explorar o poder de outra pessoa. Mas o que acontece se um homem está mal-humorado ou doente ou temporariamente impotente?

Tem gente que diz que a mulher é subordinada ao homem porque isso faz parte da nossa cultura. Mas a cultura está sempre em transformação. Tenho duas sobrinhas gêmeas e lindas de quinze anos. Se tivessem nascido há cem anos, teriam sido assassinadas: há cem anos, a cultura Igbo considerava o nascimento de gêmeos como um mau presságio. Hoje essa prática é impensável para nós.

Para que serve a cultura? A cultura funciona, afinal de contas, para preservar e dar continuidade a um povo. Na minha família, eu sou a filha que mais se interessa pela história de quem somos, nossas terras ancestrais, nossas tradições. Meus irmãos não têm tanto interesse nisso. Mas não posso ter voz ativa, porque a cultura Igbo favorece os homens e só eles podem participar das reuniões em que as decisões familiares mais importantes são tomadas. Então, apesar de ser a pessoa mais ligada a esses assuntos, não posso frequentar as reuniões. Não tenho direito a voz. Porque sou mulher.

A cultura não faz as pessoas. As pessoas fazem a cultura. Se uma humanidade inteira de mulheres não faz parte da nossa cultura, então temos que mudar nossa cultura.

Penso com frequência no meu amigo Okoloma. Espero que ele e os outros que morreram na queda do avião descansem em paz. Ele sempre será lembrado por aqueles que o amavam. Ele tinha razão, anos atrás, ao me chamar de feminista. Eu sou feminista. Naquele dia, quando cheguei em casa e procurei a palavra no dicionário, foi este o significado que encontrei: "Feminista: uma pessoa que acredita na igualdade social, política e econômica entre os sexos".

Minha bisavó, pelas histórias que ouvi, era feminista. Ela fugiu da casa do sujeito com quem não queria se casar e se casou com o homem que escolheu. Ela resistiu, protestou, falou alto quando se viu privada de espaço e acesso por ser do sexo feminino. Ela não conhecia a palavra "feminista". Mas nem por isso ela não era uma. Mais mulheres deveriam reivindicar essa palavra. O melhor exemplo de feminista que conheço é o meu irmão Kene, que também é um jovem legal, bonito e muito másculo. A meu ver, feminista é o homem ou a mulher que diz: "Sim, existe um problema de gênero ainda hoje e temos que resolvê-lo, temos que melhorar". Todos nós, mulheres e homens, temos que melhorar.

SOBRE A AUTORA

CHIMAMANDA NGOZI ADICHIE nasceu em Enugu, na Nigéria, em 1977. É autora dos romances *Meio sol amarelo* (2008) — vencedor do Orange Prize, adaptado ao cinema em 2013 —, *Hibisco roxo* (2011) e *Americanah* (2014), publicados no Brasil pela Companhia das Letras. Assina ainda outros livros de ensaios e contos. Sua obra foi traduzida para mais de trinta línguas e apareceu em inúmeros periódicos, como as revistas *New Yorker* e *Granta*. Depois de ter recebido uma bolsa da MacArthur

Foundation, Chimamanda vive entre a Nigéria e os Estados Unidos. Sua célebre conferência no TED já teve mais de 4 milhões de visualizações. Eleito um dos dez melhores livros do ano pela *New York Times Book Review* e vencedor do National Book Critics Circle Award, *Americanah* teve os direitos para cinema comprados por Lupita Nyong'o, vencedora do Oscar de melhor atriz por *Doze anos de escravidão*.

www.facebook.com/chimamandaadichie
www.chimamanda.com

OBRAS DA AUTORA PUBLICADAS
PELA COMPANHIA DAS LETRAS

AMERICANAH (2014)

Lagos, anos 1990. Enquanto Ifemelu e Obinze vivem o idílio do primeiro amor, a Nigéria enfrenta tempos sombrios sob um regime militar. Em busca de alternativas às universidades nacionais, paralisadas por sucessivas greves, a jovem Ifemelu muda-se para os Estados Unidos. Ao mesmo tempo que se destaca no meio acadêmico, ela depara pela primeira vez com a questão racial e tem de enfrentar as agruras da vida de imigrante, mulher e, sobretudo, negra. Se Obinze planeja encontrá-la, seus planos tornam-se menos promissores depois do Onze de Setembro, quando as portas americanas se fecham para os estrangeiros.

Quinze anos mais tarde, Ifemelu é uma aclamada blogueira que reflete sobre o dia a dia dos africanos na América, mas o tempo e o sucesso não atenuaram o apego à terra natal, tampouco afrouxaram a ligação com Obinze. Ao voltar para a Nigéria, ela terá de encontrar um lugar na vida de seu companheiro de adolescência e num país muito diferente do que deixou.

Principal autora nigeriana de sua geração e uma das mais destacadas da cena literária internacional, Chimamanda Ngozi Adichie parte de uma história de amor arrebatadora para debater questões prementes e universais como imigração, preconceito racial e desigualdade de gênero. Bem-humorado, sagaz e implacável, conjugando o melhor dos grandes romances e da crítica social, *Americanah* é um épico da contemporaneidade.

"Em parte história de amor, em parte crítica social, um dos melhores romances que você lerá no ano."
Los Angeles Times

"Magistral… Uma história de amor épica…"
O, The Oprah Magazine

HIBISCO ROXO (2011)

Protagonista e narradora de *Hibisco roxo*, a adolescente Kambili mostra como a religiosidade extremamente "branca" e católica de seu pai, Eugene, famoso industrial nigeriano, inferniza e destrói lentamente a vida de toda a família. O pavor de Eugene às tradições primitivas do povo nigeriano é tamanho que ele chega a rejeitar o pai, contador de histórias encantador, e a irmã, professora universitária esclarecida, temendo o inferno. Mas, apesar de sua clara violência e opressão, Eugene é benfeitor dos pobres e, estranhamente, apoia o jornal mais progressista do país.

Durante uma temporada na casa de sua tia, Kambili acaba se apaixonando por um padre que é obrigado a deixar a Nigéria por falta de segurança e de perspectiva de futuro. Enquanto narra as aventuras e desventuras de Kambili e de sua família, o romance também apresenta um retrato contundente e original da Nigéria atual, mostrando os remanescentes invasivos da colonização tanto no próprio país, como, certamente, também no resto do continente.

"Uma história sensível e delicada sobre uma jovem exposta à intolerância religiosa e ao lado obscuro da sociedade nigeriana." J.M. Coetzee

MEIO SOL AMARELO (2008)

FILHA DE UMA FAMÍLIA RICA e importante da Nigéria, Olanna rejeita participar do jogo do poder que seu pai lhe reservara em Lagos. Parte, então, para Nsukka, a fim de lecionar na universidade local e viver perto do amante, o revolucionário nacionalista Odenigbo. Sua irmã Kainene de certo modo encampa seu destino. Com seu jeito altivo e pragmático, ela circula pela alta roda flertando com militares e fechando contratos milionários. Gêmeas não idênticas, elas representam os dois lados de uma nação dividida, mas presa a indissolúveis laços germânicos — condição que explode na sangrenta guerra que se segue à tentativa de secessão e criação do Estado independente de Biafra.

Contado por meio de três pontos de vista — além do de Olanna, a narrativa concentra-se nas perspectivas do namorado de Kainene, o jornalista britânico Richard Churchill, e de Ugwu, um garoto que trabalha como criado de Odenigbo —, *Meio sol amarelo* enfeixa várias pontas do conflito que matou milhares de pessoas em virtude da guerra, da fome e da doença. O romance é mais do que um relato de fatos impressionantes: é o retrato vivo do caos vislumbrado através do drama de pessoas forçadas a tomar decisões definitivas sobre amor e responsabilidade, passado e presente, nação e família, lealdade e traição.

"Um marco na ficção, no qual a prosa clara e despretensiosa delineia nuances de modo absolutamente preciso"
The Guardian

1ª EDIÇÃO [2015] 24 reimpressões

ESTA OBRA FOI COMPOSTA POR CLAUDIA ESPÍNOLA DE CARVALHO
EM ELECTRA E IMPRESSA PELA LIS GRÁFICA EM OFSETE
SOBRE PAPEL PÓLEN BOLD DA SUZANO S.A. PARA
A EDITORA SCHWARCZ EM ABRIL DE 2024

A marca FSC® é a garantia de que a madeira utilizada na fabricação do papel deste livro provém de florestas que foram gerenciadas de maneira ambientalmente correta, socialmente justa e economicamente viável, além de outras fontes de origem controlada.